Die Bank am Meer

Wenn eine Bank erzählen könnte!

Kurzgeschichten
von

Kurt von der Heide

Alle Personen sind frei erfunden.
Jede Ähnlichkeit mit lebenden
oder bereits verstorbenen
Personen ist rein zufällig!

Dieses Buch wurde geschrieben, gedruckt, ausgeliefert und bezahlt ohne staatlich-lippische Begabtenförderung!!

4

Bibliografische Information der Deutschen Nationalbibliothek:

Die Deutsche Nationalbibliothek verzeichnet diese Publikation in der Deutschen Nationalbibliografie; detaillierte bibliografische Daten sind im Internet über http://dnb.dnb.de abrufbar.

Herstellung und Verlag: BoD – Books on Demand, Norderstedt ISBN: 978-3-7526-2515-8

Die Bank am Meer

Wenn eine Bank erzählen könnte!

Prolog

Meine Frau und ich fuhren im Frühsommer an die Nordsee um unseren verdienten Urlaub anzutreten. Die von uns gemietete kleine Ferienwohnung lag in einem Gebäude direkt hinter dem Deich. Dadurch konnten wir zwar das Meer nicht sehen, aber der Deichaufgang war fast direkt vor unserem Gebäude.

Dieser Aufgang bestand aus 43 Stufen. Oben angekommen stand man auf dem Deich und hatte einen grandiosen Blick auf das Meer – wenn es denn da war. Die Gezeiten gönnten uns auch immer wieder einen Blick auf Kinder und Erwachsene die dann durch das Watt spazierten.

Auf dem Deich und direkt neben dem Aufgang stand eine große Bank mit Platz für sechs Personen. Diese Bank hatten wir

vom Balkon und unserem Wohnzimmer ständig im Blick. Zu jeder Tageszeit, früh morgens und spät abends, konnten wir die Menschen dort sitzen sehen. Männer, Frauen, Kinder jeden Alters. Als Familie, als Paar oder auch alleine. Fröhlich und lachend, aber auch weinend und Trost suchend. Menschen die mit wilden Gesten andere offensichtlich von irgendetwas überzeugen wollten.

Eines Tages saßen wir sehr früh am Morgen auf dem Balkon und wollten uns den Sonnenaufgang nicht entgehen lassen. Die Dunkelheit erlaubte es schon nach wenigen Metern nicht mehr, zwischen Himmel und Erde zu unterscheiden. Kein Windhauch war zu spüren und nur ein einziger Vogel versuchte mit leiser Stimme seine vielen Kameraden zum Mitsingen zu animieren.

Richtung Osten begannen sich die Konturen des Deiches abzuzeichnen.

Noch hielt die Welt den Atem an und tankte Kraft für den neuen Tag.

Langsam zeichneten sich die Konturen des Deiches immer deutlicher ab. Der Horizont wurde zärtlich in rötliches Licht getaucht.

Plötzlich, praktisch von einem Wimpernschlag zum nächsten, schob sich der Feuerball der Sonne langsam aus dem Meer aufsteigend in den Himmel hoch. Sich selbst kleidend in prächtigen Purpur und grandiosem Orange.

Wo vor wenigen Minuten noch die vollkommene Dunkelheit herrschte, schob sich jetzt die Sonne glühend und majestätisch in den Himmel und tauchte auch *unsere* Bank in rötliches Licht.

Wir saßen auf dem Balkon und begriffen, wie klein wir Menschen doch gegenüber dem großen Ganzen waren! Nach diesen besinnlichen und verschwiegenen Minuten, meinte meine

Frau: „Was meinst Du, welche Geschichten uns diese Bank erzählen könnte, wenn…"

Sophie – Valentina

Es war Montag und eine junge Frau setzte sich auf die Bank. Sie hörte auf den Namen Sophie – Valentina und ließ in Gedanken noch einmal das vergangene Wochenende Revue passieren.

Am Freitag und Samstag war sie mit Hilfe von Freunden das zweite Mal umgezogen. Ihr graute davor, den Rest der vollkommen unsortierten Kartons alleine auspacken zu müssen. Verschwitzt und mit schmerzenden Gliedern schwor sich die junge Frau, nie wieder umzuziehen.

Sophie - Valentina schleppte einen Karton mit Geschirr, der natürlich im Schlafzimmer gelandet war, unter Stöhnen in die Küche und stellte ihn auf den Tisch. Sie öffnete ihn, entnahm ein paar Teller und stellte sie in den Schrank.

Sophie - Valentina drehte sich wieder zum Karton um einige Tassen zu entnehmen – und stieß einen fürchterlichen Schrei aus. In der einen saß ein Ungeheuer! Grüne glühende Augen schienen die junge Frau zu hypnotisieren. Acht ekelhafte lange Beine waren von oben bis unten behaart. Kräftige Kiefer schienen nur darauf zu warten, sich in Sophie - Valentinas Fleisch zu bohren.

Obwohl die Spinne - nichts anderes war es nämlich - in einer Tasse saß, hatte die Frau das Gefühl ein riesiges Ungeheuer gesehen zu haben. Der Schrei und die Bewegung, um den Karton vom Tisch zu stoßen, waren praktisch eins.

Es klirrte und schepperte, als der Inhalt in unzählige Teile zerbrach. Wenn auch alles zu Bruch ging, aber die Spinne lauerte jetzt am Boden, praktisch direkt vor der entsetzten Frau. Panisch griff sie in den Schrank und warf die Teller von dort mit aller Kraft auf die Spinne.

Sophie - Valentina weinte, sie schrie, jedoch ließ sich das Ungeheuer nicht beeindrucken. Es glotzte sie hämisch an.

Die junge Frau stutzte. Das Geschirr war kaputt und dieses Untier hüpfte vor ihr herum. Hüpfte? Ihr kam ein ungeheurer Verdacht. Sie bückte sich und griff vorsichtig danach - es war wirklich ein Scherzartikel!

Sophie - Valentina beruhigte sich nur langsam. Sie wusste ja, wer ihr geholfen hatte, das Geschirr einzupacken. Die *gute* Freundin würde sich noch wundern!

Die Reha

Ein Mann ging langsam über den Deich. Das Gehen fiel ihm schwer und er brauchte einen Rollator als Hilfe. Als der Mann, er hieß Heiner, die Bank erreichte, lies er sich erleichtert auf ihr nieder.

Heiner war noch nicht alt, erst Mitte vierzig, aber in seinem Gesicht spielten sich Leid, Trauer und Schmerz wieder. Eine starke Müdigkeit machte sich in ihm breit und Heiner schloss die Augen, um die Ruhe zu genießen. Doch das war kein guter Gedanke, denn kaum waren die Augen zu, erschienen ihm wieder die Bilder, die ihn auch ständig im Schlaf verfolgten:

Heiner saß auf der Bank vor dem Ferienhaus und rauchte genüsslich seine Pfeife. Seine Frau Vera und seine beiden Söhne Björn und Sören, beide im

Teenageralter, bildeten den Rest der glücklichen Familie. Zusammen machten die vier das erste Mal Urlaub in Norwegen.

Ihr Ferienhaus stand in einem kleinen Fischerdorf auf einer Halbinsel im Süden des Landes. Die rote Sonne versank am Horizont im Meer. Man hörte die sanft wogende Nordsee, deren Wellen sich an den Steinen der Mole brachen. Dieses Bauwerk schützte den Hafen und die darin befindlichen Schiffe.

Im blauen Wasser des Hafens dümpelten viele kleine Boote, Fischkutter und Segelschiffe vor sich hin. Ihre Silhouetten spiegelten sich dabei um die Wette mit der Abendsonne auf der Wasseroberfläche.

Der Kontakt zu den Norwegern war sehr gut. Sie waren immer freundlich, hilfsbereit und ansprechbar. Häufig war auch die deutsche Sprache kein Problem. Heiner war erst gestern im Supermarkt

von Einheimischen spontan angesprochen worden, als er völlig überfordert vor den unbekannten Wurstsorten gestanden hatte. Das war ein Punkt, warum Hans und seine Familie dieses Land so schätzen gelernt hatten.

Der andere war natürlich die sagenhaft schöne Natur. Vor sich bewunderten die vier den malerischen Fischerhafen und das blaue Meer. Wenn die Familie sich umdrehte, sahen sie im Hintergrund die schneebedeckten Gipfel der Berge im Abendhimmel.

Die Zeit war gekommen, dass der Leuchtturm seine Arbeit aufnahm. Dieser stand in nur einem Kilometer Entfernung am Ende der Halbinsel und warf sein blinkendes Licht weit auf das stille Meer hinaus.

Heiner war sich mit seiner Familie einig, in Zukunft nur noch Urlaub in diesem Land zu machen.

Jetzt saß er wieder auf einer Bank, diesmal aber auf einem Deich in Deutschland, weil er hier in der Rehaklinik seiner Genesung entgegensah.

Heiner holte das Handy aus seiner Jackentasche und sah sich ein Bild aus Norwegen an. Dabei konnte er eine Träne nicht zurückhalten. Zwei Mal konnte die Familie sich noch den Traum von einem Urlaub in Norwegen erfüllen, bevor das Schreckliche geschah.

Auf der Rückfahrt von einer Feier hier in Deutschland gab es vor ihnen ein Autounfall. Heiner konnte nicht mehr ausweichen und fuhr frontal in die beiden beteiligten Fahrzeuge.

Jetzt war seine Familie tot! Er wurde sehr schwer verletzt und musste sich nun Schritt für Schritt wieder ins Leben zurückkämpfen. Aber wollte er das auch und lohnte sich der ganze Aufwand? Das waren die beiden Fragen, die sich Heiner

immer wieder stellte, denn er lebte nur noch für die Erinnerung. Eine einzelne Träne tropfte auf das Bild, das seine Lieben vor dem Ferienhaus in Norwegen zeigte.

Der erste Kuss

Es ist heute ein schöner, warmer Sommerabend. Boris und ich, Karla, hatten uns verabredet, um am Meer spazieren zu gehen und den Tag gemeinsam ausklingen zu lassen. Wir kommen hier aus dem Ort und gehen meistens, so wie heute, zu unserer Lieblingsbank und erzählen uns, was am Tag passiert war und plaudern über Gott und die Welt.

Nach einer Weile reden wir, ohne uns vorher abgesprochen zu haben, kein Wort mehr und genießen den wunderschönen Ausblick über das Meer.

Ich beobachte zwei Hunde dabei, wie sie ausgelassen spielen. Boris hält die ganze Zeit meine Hand. Es ist ja nicht unser erstes Treffen bei dieser Bank und es fühlt sich alles so gut und richtig an.

Boris legt jetzt auch seine zweite Hand über meine. Ganz sanft und locker, ohne Druck auszuüben.

„Weißt Du eigentlich, wie gerne ich mit Dir zusammen bin?" fragt er mich leise. „Ich fände es toll, wenn es Dir mit mir genauso geht!"

„Ich bin sehr froh, dass wir uns über den Weg gelaufen sind und zusammen gefunden haben", erwidere ich ebenso leise und sehe ihm tief in die Augen.

Boris erwiderte den Blick und mir wurde abwechselnd heiß und kalt. Ich weiß nicht wie lange wir schon so sitzen, nur mit unseren Blicken zärtliche Bande knüpfend, als er mir seine linke Hand sanft auf die Wange legt.

„Noch nie habe ich mich zu jemanden so hingezogen gefühlt, wie zu Dir! Du bist wirklich etwas Besonderes für mich!"

„Mir geht es auch so und ich denke sehr oft an Dich!" antwortete ich ihm.

Alles in mir sehnt sich danach, dass Boris mich endlich küsst. Ich will seine Lippen auf den meinen spüren – zum ersten Mal. Er muss diese Sehnsucht doch auch in sich haben!

Mein Blick wandert von seinen Augen zu seinen Lippen und ich öffne meine ganz leicht. Er muss doch wissen, was ich damit sagen will!

Boris beugt sich zu mir und kommt mir ganz nah. Bevor sich unsere Lippen berühren, schließe ich meine Augen. Mein Herz rast als unsere Lippen aufeinander treffen. Das ist unser erster Kuss, zärtlich, erwartungsvoll und scheinbar nicht endend. Einfach traumhaft und unvergesslich!

Der perfekte Hausmann

Auch Monika war hier am Meer in der Rehaklinik. Nach einem anstrengenden Programm am Vormittag, ließ sie sich das Mittagessen schmecken. So gestärkt ging sie hinterher auf den Deich und setzte sich auf die Bank, um einen langen Brief zu lesen, den sie heute von ihrem Mann bekommen hatte.

Meine liebe Monika!

Du brauchst Dir keine Sorgen zu machen. Hier ist alles in bester Ordnung. Zum Mittagessen gehe ich nicht, ich koche mein Essen selbst. Ich weiß einfach am besten, was ich brauche und wie für mich persönlich eine gute und ausgewogene Ernährung aussieht. Die Zubereitung und das Kochen der Mahlzeiten sind für mich

auch gar nicht weiter problematisch.

Ich staune täglich mehr, wie alles klappt. Nur musst Du im Kühlschrank mehr Ordnung halten. Wahrscheinlich hattest Du dort Zement stehen. Ich habe mir Pfannkuchen gebacken, aber sie sind hart wie Granit geworden. Als ich sie zerkleinert hatte, ist der Hammerstiel abgebrochen. Da ich jedoch ein schnelles Essen benötigte, habe ich mir Bratkartoffeln gemacht.

In der Zwischenzeit war ich beim Bäcker Brötchen holen. Die Emaille der Pfanne war jedoch inzwischen zerschmolzen. Ich habe nie geglaubt, dass sie so wenig widerstandsfähig ist.

Der Rauch in der Küche ist auch schon wieder abgezogen, aber unser Kanarienvogel ist schwarz wie ein Rabe und hustet stark. Morgen will ich mal mit ihm zum Tierarzt gehen. Sag' mal, Liebling, wie lange müssen eigentlich

Eier kochen? Ich habe sie zwei Stunden lang kochen lassen, aber sie sind nicht weich zu kriegen.

Schreibe mir doch bitte mal, ob man angebrannte Milch noch verwenden kann, oder soll ich sie für Dich aufheben? Oder soll ich sie sogar weggießen?

Eine weitere Frage, mein Liebling: Hast Du das eigentlich auch schon gehabt, dass Dir das Geschirr, das schmutzige meine ich, verschimmelt ist? Wie ist so etwas bloß in der kurzen Zeit möglich?

Am Dienstag, mein Liebling, hatte ich doch glatt vergessen, die Wohnungstür abzuschließen. Es muss jemand da gewesen sein, denn es fehlen jetzt einige Sachen. So haben wir auch keine Wertsachen mehr, aber das Geld allein macht ja doch nicht glücklich.

Der Kleiderschrank ist auch leer. Aber es kann ja nicht viel drin gewesen sein, denn Du sagtest oft genug zu mir, dass Du

nichts mehr zum Anziehen hättest. Außerdem geht es ja wieder auf den Sommer zu, dann wird auch unsere Wohnung wieder austrocknen.

Ich habe nämlich vergessen, nach dem Baden den Wasserhahn wieder zuzudrehen. Zum Glück ist das Wasser nicht bei uns stehen geblieben und schnell abgelaufen.

Denk mal an, Liebes, die Meiers von unten waren bei uns, wir sollen ihnen neue Möbel kaufen und auch die Wohnung neu herrichten lassen. Du weißt am besten, wie und wo man preiswert einkauft.

Übrigens, gib nicht so viel Geld aus, damit wir nach Deiner Rückkehr noch etwas zum Leben haben. Viel besser wird es mit Sicherheit werden, wenn Du als Reinemachefrau dann noch ein paar Euro für uns dazu verdienst. Ich mache mir deshalb wirklich keine Sorgen und habe

Dir auch gleich eine Stelle besorgt, denn dazu hatte ich doch jetzt Zeit genug.

Weißt Du, mein Liebling, ich habe nämlich ein paar Mal Krach im Geschäft gehabt, weil ich oft zu spät gekommen bin. Wegen dieser Kleinigkeit habe ich vom Chef gleich die Kündigung erhalten.

Erhole Dich noch gut, damit Dir dann die Arbeit nicht schwerfällt. Essen haben wir in den letzten Tagen auch ausreichend. Als ich in den Stall ging, um die Kaninchen zu füttern, ist mir doch die Kerze umgefallen.

Fünf von den armen Tierchen sind verbrannt. Der Stall stand im Augenblick in hellen Flammen. Ich konnte nur noch die leeren Näpfe retten. Aber das ist doch nicht schlimm, denn wir wollten die Tiere ja sowieso schlachten. Nun, hoffentlich halten sie sich, bis Du kommst.

Beinahe hätte ich das Wichtigste noch vergessen. Unser Kater, der Peter, ist in

Wirklichkeit gar kein Kater und hat gestern Junge bekommen. Sie liegen alle in Deinem Bett. Du müsstest mal sehen, wie reizend das aussieht. Damit will ich heute schließen, Du siehst, dass ich hier alles im Griff habe!

Viele herzliche Grüße und Küsse.

Ein besonderer Tag

Als Bodo am Morgen erwachte, war es ein Tag wie jeder andere. Halt, nein! Er hatte an diesem Tag etwas ganz Besonderes vor!

Freudig sprang er aus dem Bett und ging ins Bad. Er dachte daran, wie seine Frau wohl reagieren würde, wenn sie von seinem Vorhaben wüsste...

Er verwischte den Gedanken jedoch rasch wieder. Schließlich erwartete er sie erst am späten Abend zurück - das war auch gut so - und bis dahin würde er genügend Zeit haben.

Nachdem Bodo sich im Bad nur schnell frisch gemacht hatte, zog er seinen Jogginganzug an und ging eine Runde laufen. Bei der Bank legte er eine kleine Pause ein und freute sich darüber, dass seine Frau endlich mal einen Tag nicht zu Hause war und er sich anderweitig vergnügen konnte!

Wieder zu Hause ging Bodo duschen und nach dem Frühstück machte er sich zurecht und sah sich noch einmal in der Wohnung um. Es war alles bereit für seinen Plan - nur noch der Wein fehlte. Bevor er das Haus verließ, betrachtete er im Flur sein Spiegelbild.

„Du hast heute viel vor, also steh' deinen Mann!" Mit diesen Worten machte er sich auf den Weg und begab sich zunächst direkt zu einer Weinhandlung, um drei Flaschen teuren, trockenen Rotwein zu besorgen.

Anschließend fuhr er in freudiger Erwartung zu der vereinbarten Adresse, wo SIE ihn schon sehnsüchtig erwartete - vorher hatte er sie noch nie gesehen aber Bodo war von ihr begeistert!

Sie war wunderschön und genau in einem Alter, das er sich erhofft hatte - ca. 20 Jahre jünger als er! Bodo bezahlte, wie abgesprochen, im Voraus.

Er nahm sie mit nach Hause, wo er ungestört mit ihr sein durfte.

Es war das erste Mal, dass er so etwas vorhatte und in ihm erwachte ein Gefühl großer Erregung. Heute konnte er sich einmal so richtig gehen lassen und seinen animalischen Trieben nachgeben.

Kaum zu Hause angekommen entblößte er sie stürmisch, trug sie in die Küche und legte sie auf den Tisch. Das war alles im Preis enthalten. Dort lag nun sein ganzes Begehren, genau wie er sich das in seiner Phantasie vorgestellt hatte - breitbeinig und nackt!

Endlich war es soweit! Bodo streichelte ihre zarte Haut, griff spontan nach einer gewaschenen Karotte, die in seiner Reichweite lag, und drang damit erst zaghaft und schließlich genussvoll in sie ein, während sie ein leises zufriedenes Grunzen von sich gab...! Dieses Geräusch machte Bodo so richtig heiß!

Oh welche Freude ihm das bereitete... er hätte nie gedacht, dass es so schön und aufregend werden würde, etwas Neues auszuprobieren. Mit seiner Frau wäre das nicht machbar gewesen. Nun fesselte er ihre Beine und ließ sie jedoch noch nicht wissen was er mit ihr vorhatte, denn Bodo war durstig und widmete sich der ersten Flasche Wein.

Die Kleine war ja sowieso keineswegs mehr in der Lage, ihm zu entkommen. Rasch entkorkte er die Flasche und füllte zwei Gläser. „Mmmmhh...", der Wein war genau richtig temperiert und schmeckte vorzüglich. Während Bodo an seinem Glas unaufhörlich nippte, nahm er das andere Glas und goss dessen Inhalt mit einem diabolischen Grinsen über ihren nackten Körper.

Der Wein beflügelte zusehends seine Phantasie und seine unbändige Lust, so dass er sich nun nicht mehr zurückhalten

konnte, die Kleine nach Herzenslust so richtig heißzumachen bis sie nur noch wohlige, gurgelnde Geräusche von sich gab.

Anschließend deckte er sie - hilflos und nackt wie sie war - fürsorglich zu, überließ sein Opfer sich selbst und begab sich mit der angebrochenen Flasche Wein ins Wohnzimmer.

Während er noch ganz versonnen und völlig mit sich zufrieden auf dem Sofa saß, hörte er, wie die Wohnungstür geöffnet wurde. Oh nein!! Seine Frau kam viel früher nach Hause, als er erwartet hatte! Er eilte zu ihr in den Flur, um sie abzufangen... doch es war zu spät!

Sie hatte sofort bemerkt, dass etwas nicht stimmte und längst den Braten gerochen! Ihr Blick schweifte durch das Wohnzimmer. Erst dann sah sie ihn mit großen Augen an und war fassungslos: „Ich hätte nie damit gerechnet, dass Du es

wagst... Für wen ist das zweite Glas? Wo hast du sie versteckt?"

Sie wurde richtig laut. „Womit habe ich das verdient? Ich will sie sofort sehen!"

Bodo hatte nur ein Grinsen für sie übrig und gab zur Antwort: „Ich habe nicht so früh mit Dir gerechnet. Sie sollte nur noch eine halbe Stunde bleiben! Ich konnte der Versuchung einfach nicht widerstehen, Dich zu überraschen! Alles Gute zum Hochzeitstag. Die Gans ist ja bald fertig, da können wir vor dem Essen noch ein Glas Wein trinken!"

Seine Frau konnte ihre Freude nicht verbergen und küsste ihn für diese wunderschöne und wirklich sehr gelungene Überraschung.

Unerwartete Erkenntnis

Ein Mann ging langsam über den Deich. Der starke Wind blies ihm direkt von vorne ins Gesicht und der Mann war offensichtlich froh die Bank zu erreichen, um sich setzen zu können. Er war erst vor kurzen aus dem Krankenhaus entlassen worden und musste an den Mann denken, mit dem er das Zimmer teilte.

Zwei Männer, beide waren schwer krank, lagen in einem gemeinsamen Krankenzimmer. Der eine durfte sich jeden Tag in seinem Bett eine Stunde lang aufsetzen, um die Flüssigkeit aus seiner Lunge zu entleeren. Sein Bett stand direkt am Fenster. Der andere Mann musste den ganzen Tag flach auf seinem Rücken liegen.

Die Männer plauderten Stunden lang, ohne Ende. Sie sprachen über ihre Frauen,

ihre Familien, ihre Berufe, was sie während des Militärdienstes gemacht hatten und wo sie in ihren Ferien waren. Jeden Nachmittag, wenn der Mann in dem Bett beim Fenster sich aufsetzen durfte, verbrachte er seine Zeit damit, seinem Zimmerkameraden alle Dinge zu beschreiben, die er außerhalb des Fensters sehen konnte.

Der Mann in dem anderen Bett begann geradezu, für diese Eine-Stunde-Intervalle zu leben, in denen seine Welt erweitert und belebt wurde durch Vorgänge und Farben der Welt da draußen!

Das Fenster gab den Blick frei auf einen Park mit einem reizvollen See. Enten und Schwäne spielten auf dem Wasser und Kinder ließen ihre Modellbote segeln. Junge Verliebte spazierten Arm in Arm zwischen den Blumen aller Farben und eine tolle Silhouette der Stadt war in der Ferne zu sehen. Als der Mann am Fenster

all diese schönen Dinge in wunderbaren Einzelheiten schilderte, schloss der Mann auf der anderen Seite des Zimmers seine Augen und stellte sich das malerische Bild vor.

An einem warmen Nachmittag beschrieb der Mann am Fenster die Parade einer Blaskapelle, welche gerade vorbeimarschierte. Obwohl der andere Mann die Kapelle nicht hören konnte, konnte er sie richtiggehend sehen - mit seinem geistigen Auge!

Der Mann am Fenster beschrieb sie wirklich mit sehr eindrucksvollen Worten. Tage und Wochen vergingen.

Eines Morgens, als die Schwester gerade kam, um die beiden Männer zu waschen, fand sie den Mann am Fenster leblos vor - er war friedlich im Schlaf gestorben. Sie war traurig und holte erst den Arzt und dann den Pfleger, damit der den Toten wegbrachte.

Sobald es passend erschien, fragte der andere Mann, ob er jetzt in das Bett am Fenster wechseln könnte.

Die Schwester erlaubte das gerne und als er dann bequem lag, ließ sie ihn allein. Langsam und schmerzvoll stützte er sich mühevoll auf seinen Ellbogen, um einen ersten Blick auf die Welt da draußen zu werfen.

Er strengte sich an und drehte sich zur Seite um aus dem Fenster neben dem Bett zu sehen. Gegenüber dem Fenster war eine nackte Wand!

Der Mann rief die Schwester und fragte sie, was seinen Zimmerkameraden dazu bewegt haben könnte, so wunderbare Dinge außerhalb des Fensters zu beschreiben?

Die Schwester antwortete: „Vielleicht wollte er Sie aufmuntern. Wissen Sie, dass der Mann blind war und nicht einmal die Wand gegenübersehen konnte? Aber

vielleicht hat er deshalb mehr gesehen als wir alle." Der Mann ließ sich ins Bett zurücksinken und betete für den Verstorbenen.

Dieser Mann saß jetzt auf der Bank!

Ein ergiebiges Volksfest

Die Frau war mit Sicherheit schon weit über siebzig Jahre alt. Das merkte ihr aber niemand an. Sie strahlte über das ganze Gesicht und schien fast über den Deich zu tänzeln. Dabei grüßte sie freundlich jeden der ihr entgegen kam – auch wenn ihr die Personen unbekannt waren.

Als sie die Bank erreichte, saß dort ein Ehepaar.

„Haben sie etwas dagegen, wenn ich mich zu ihnen setze?" fragte sie höflich, obwohl das natürlich nicht nötig gewesen wäre. Was ihr auch gleich von dem Mann bestätigt wurde.

„Natürlich nicht!" antwortete dieser freundlich. „Die Bank ist doch für alle da." Die Frau setzte sich, achtete aber darauf, dass genügend Abstand zwischen ihr und dem Ehepaar war. Sie lächelte die ganz Zeit vor sich hin und begann jetzt sogar

leise ein Lied zu summen! Die alte Frau war richtig gut drauf. Gab es einen Grund dafür? Ja, den gab es! Sie dachte an die Ereignisse der letzten beiden Tage zurück:

Wie jedes Jahr im September fand am Rande der Stadt ein großes Volksfest statt. Das sogenannte Deichfest. Fahrgeschäfte, Buden und das Festzelt lockten wie jedes Jahr tausende von Besucher an.

In einem Haus direkt neben dem Markt, wohnte eine Witwe mit dem Namen Irmgard Waltraud Gertrude von Spitz.

Da ihr Mann früh verstorben war, bekam sie nur eine kleine Rente und suchte immer nach Gelegenheiten, diese aufzubessern. Darum freute sich die Rentnerin jedes Jahr auf das Deichfest.

Ihr Grundstück war von Büschen, Sträuchern und Bäumen umgeben. Da die Menschen dieses ländlich geprägten Küstenstreifens sparsam sind und gerade

besonders die Männer den Vorteil haben, dem kleinen Mann mal schnell die große Welt zu zeigen, gingen sie häufig für ihr Bedürfnis nicht auf die Toilette.

Mal eben schnell in die Büsche, da brauchte man nicht anstehen und es war billiger – meinten sie.

Doch da hatten die Männer ihre Rechnung ohne Irmgard Waltraud Gertrude von Spitz gemacht! Die stand nämlich wie ein Fels in der Brandung zwischen ihren Büschen und Bäumen. Aber nicht einfach so!

In der einen Hand hielt sie eine Gartenschere. Mit der anderen deutet sie auf ein Schild auf dem stand mit riesigen Buchstaben geschrieben:

Einmal pinkeln 2 Euro! Ganz klein darunter: **Wer nicht zahlt – schnipp und ab**!

Am Dienstag nach dem Volksfest machte sich Irmgard Waltraud Gertrude

von Spitz mit dem Fahrrad gut gelaunt auf den Weg in die Stadt.

Auf dem Gepäckträger ein Korb mit zwei großen Säcken darin. Plötzlich wurde sie von einem Streifenwagen angehalten. Die beiden Polizisten stiegen aus und der eine sagte: „Gute Frau, aus dem einen Sack fallen Münzen. Woher haben Sie so viel Kleingeld und wohin wollen Sie?"

Die Rentnerin bekam einen roten Kopf und erklärte den Polizisten woher sie das Geld hatte und das sie es zur Bank bringen wollte. Die Beamten lachten Tränen.

„Das muss sich ja gelohnt haben!" meinte der Polizist von eben. „Der zweite Sack ist ja noch größer als der erste." Irmgard Waltraud Gertrude von Spitz wäre am liebsten im Boden versunken. „Ja wissen Sie, da ist kein Geld drin – es wollte eben nicht jeder bezahlen!"

Der Tod ist nass

Der Mann stand im Dämmerlicht vor der Bank. Der Sturm peitschte ihm den Regen ins Gesicht und er war schon vollkommen durchnässt, aber das machte ihm nichts aus. Das Meer brandete gegen den Deich und die Gischt schien ihn zu rufen: *"Komm doch mein Freund! Ich bin hier, ich warte auf Dich!"*

Der Blick des Mannes, er hieß Sascha, versuchte das Dämmerlicht zu durchdringen und wanderte weiter in Richtung der nicht weit entfernten, aber kaum erkennbaren Steilküste. Das Meer brandete dort mit voller Wucht gegen Felsen.

Die ihn jetzt umgebende beinahe Dunkelheit wurde immer wieder von den weißen Schaumkronen erhellt. Die Nässe des Regens wurde jetzt vermischt mit der

salzigen Nässe seiner Tränen. Eine große Leere breitet sich in ihm aus. In seinem Herzen, in seinem Kopf. So wie den Regen im Gesicht, spürte er den Schmerz in seinem Herzen fast körperlich.

Eiskalt von seinem Freund Elias erst ausgenutzt und betrogen, dann, als kein Geld mehr zu holen war, mit den Worten: „Sieh Dich doch mal an! Lieben kann man doch nur Dein Geld, sonst nichts!" wurde Sascha eiskalt abserviert.

Es tat Sascha besonders weh, weil er schon einmal so extrem auf einen anderen Mann hereingefallen war und seine Eltern ihn vor Elias gewarnt hatten. Sie hatten den wahren Charakter des Mannes schnell erkannt. Sascha drehte sich um und ging dann langsam Richtung Steilküste. Dort stand er direkt an der Kante und breitete die Arme aus. Das Letzte was er in diesem Leben sah, war vor seinem geistigen Auge noch einmal ein Bild von Elias...

Endlich Ferienende

Der 17jährige Jan saß auf der Bank und öffnete erwartungsvoll einen Brief, den er von seiner Freundin Jessica bekommen hatte. Zu Hause hätte er keine Ruhe gehabt beim Lesen. Seine Schwester war die Neugier in Person und konnte sehr nerven, wenn sie nicht bekam was sie wollte. Nun konnte er ungestört lesen:

Erstmal wollte ich sagen, dass die Ferien doch nicht so schlimm waren, wie wir am Anfang gedacht haben, oder? Wir haben uns doch wirklich oft gesehen. Es hätte natürlich mehr sein können, wenn ich nicht mit meinen Eltern zu Oma gefahren wäre!

Ich habe mal durchgerechnet, wir haben uns an 25 Tagen in diesen Ferien gesehen – ist doch toll, oder?

Jetzt muss ich dir aber gestehen, das

am vergangenen Wochenende etwas Besonderes geschehen ist! Meine Eltern waren ja nicht zu Hause und wir konnten uns im Bett richtig austoben und den Sex so genießen, wie wir es uns schon lange erträumt hatten! Alleine bei dem Gedanken daran, wird mir schon wieder ganz heiß und ich wünschte du wärst bei mir!

Aber es hat leider eine kleine Panne gegeben – ich hatte vergessen die Pille zu nehmen! Also bin ich heute Morgen (Montag)zu meiner Mutter und habe ihr im Vertrauen dann von dem Missgeschick erzählt.

Sie ist auch sofort mit mir zu meiner Frauenärztin gefahren. Ich habe der alles erzählt und sie hat mir sofort die Pille „danach" verschrieben! Die Erste musste ich sofort nehmen und die zweite 12 Stunden später. Jetzt darf ich aber meine normale Pille nicht mehr

nehmen, bis ich das nächste Mal meine Tage habe. Das heißt, wir dürfen die nächsten 8 Tage keinen ungeschützten Sex haben. Ich kaufe gleich Morgen eine Packung Kondome! Aber es gibt ja auch noch tolle andere Alternativen!

Übermorgen beginnt die scheiss Schule wieder und zu allem Überfluss gibt es auch noch einen neuen und völlig bekloppten Stundenplan.

Meine Ma und ich wollen zusammen abnehmen, darum fangen wir mit Joggen an und fahren Inliner. Wir beide sehen uns nun wieder jeden Tag in der Schule und ich hoffe wir können uns viel öfter verabreden um mehr Zeit für uns alleine zu haben! Wenn die Kondome nicht reichen, besorge ich noch welche (auch mit Sex kann man abnehmen und es macht richtig viel Spaß)!

In Liebe   deine Jessi

Das Signal

Es war einmal ein Mann, der konnte seit seiner Geburt nichts sehen. Keine Blumen, keine Wolken, keine Häuser und auch nicht die Sonne – er war nämlich blind. Obwohl er blind war, erledigte er trotzdem alles selber, ob es jetzt zum Einkaufen gehen war, oder ob er zur Bank ging um dort Geld abzuheben – alles machte er alleine.

An einem besonders schönen Tag, es war nämlich schön warm, wollte der blinde Mann seine Mutter besuchen, die ein paar Straßen weiter wohnte. So ging er bis zu einer vielbefahrenen Kreuzung. Dort blieb er stehen, weil er auf das Ampelsignal warten musste.

Neben ihm stand ein sehender Mann. Da fragte der Blinde den Sehenden: „Sagen Sie mal, glauben sie eigentlich, dass es

Gott gibt?" „Oh, nein!" erwiderte der sehende Mann „Ganz bestimmt nicht!" „Warum nicht?" fragte der Blinde.

„Ich," antwortete der Sehende „glaube nur an das, was ich auch wirklich sehen kann, und Gott, nein, Gott habe ich noch nie gesehen, also glaube ich nicht, dass es ihn wirklich gibt!"

„Oh," sagte der Blinde, wendet sich ab und läuft geradewegs auf die Fahrbahn in den Verkehr. Im letzten Moment greift der Sehende nach seinem Arm und reißt ihn zurück auf den Gehweg

„Sind Sie verrückt? Sie können nicht einfach auf die Straße laufen!" „Aber," sagt der Blinde achselzuckend „ich habe noch nie eine Kreuzung gesehen. Woher soll ich wissen, dass es sie wirklich gibt?" „Na, die Autos!" ruft der sehende Mann „Sie können doch die Autos hören, wie sie aus allen Richtungen kommen. Das ist doch der eindeutige Beweis für eine Kreuzung!"

„Ich habe auch noch nie ein Auto gesehen" sagte der Blinde.

„Ich sage Ihnen doch, hier ist eine Kreuzung, genau vor uns. Sie ist da. Das müssen Sie mir einfach glauben!"

„Ja" sagt der Blinde leise und lächelt „ich glaube, dass es Gott wirklich gibt. Wenn ich ihn auch nicht sehe, aber ich kann von seinen Wundern hören, die auch in der Bibel niedergeschrieben sind, denn hören kann ich nämlich sehr gut!"

Ein böser Streich

Boris ging in Gedanken versunken auf dem Deich spazieren. Er wollte sich den frischen Wind ins Gesicht wehen lassen um klare Gedanken fassen zu können. Er setzte sich auf die Bank und begann seinen Triumph zu genießen, wenn es denn wirklich einer war.

Also, es begann eigentlich ganz einfach. Er wollte seinen Freund Sören anrufen und wählte dessen Nummer. Ein Teilnehmer meldete sich und Boris sagte: "Guten Tag, mein Name ist Boris Lange, ich würde gerne mit Sören Müller sprechen."

Daraufhin wurde der Hörer einfach aufgeknallt. Boris war fassungslos, wie konnte jemand nur so unhöflich sein. Er verglich die Nummer nochmal mit seinem Adressbuch und stellte fest, dass er nur

eine Ziffer vertauscht hatte. Boris rief also nochmal die falsche Nummer an, wartete bis der Typ am anderen Ende sich meldete und brüllte in den Hörer: „Sie sind ein Vollidiot!!" und knallte dann ebenfalls den Hörer auf die Gabel. Danach fühlte er sich besser und grinste vor sich hin.

Boris nahm den Zettel und schrieb in großen Buchstaben VOLLIDIOT hinter die Nummer und legte ihn in seine Schublade.

Immer wenn er sich in den nächsten Wochen über etwas oder jemanden geärgert hatte, rief Boris diese Nummer an, brüllte „Vollidiot" in den Hörer und legte sofort wieder auf. Ein befreiendes Gefühl.

Am Ende des übernächsten Monats führte die Telefongesellschaft ein neues Nummernerkennungssystem ein. Boris war ziemlich geschockt, wie sollte er so unerkannt seine Anrufe weiterführen!

Er überlegte kurz und rief abermals den Vollidioten an und sagte: „Guten Tag, ich rufe von der Telefongesellschaft an, sind Sie mit dem Nummernerkennungssystem bereits vertraut?" Der Vollidiot sagte nein, und Boris brüllte in den Hörer: „Eben, weil Sie ein ganz großer Vollidiot sind!"

An einem schönen sonnigen Tag fuhr er in die Stadt zum Einkaufen. Viele Parkplätze waren belegt und den einzigen freien schnappte ihm so ein Typ Marke „von Beruf Sohn" den letzten freien Parkplatz vor der Nase weg.

Boris stieg aus und war sehr wütend und rief dem Fahrer zu, dass dies sein Parkplatz gewesen sei. Der ignorierte ihn vollkommen zeigte ihm den berühmten Stinkefinger und ging einfach weg. So ein Vollidiot. Doch dann entdeckte er ein Schild hinter der Frontscheibe des Autos seines Kontrahenten, auf dem stand zu lesen, dass er den Wagen verkaufen

wollte. Zur Freude von Boris hatte er seine Telefonnummer und seinen Namen darauf geschrieben.

Nun gab es schon zwei Vollidioten, die Boris anrufen konnte, wenn er sich über etwas geärgert hatte. Was für ein Spaß. Nach einer Weile war es nicht mehr so schön, bei den beiden Vollidioten anzurufen und er wollte mal etwas Neues ausprobieren.

Boris rief also Vollidiot 1 an und brüllte in den Hörer: "Sie Vollidiot!!" und legte aber zum ersten Mal nicht auf. Der Angerufene brüllte zurück: „Unterlassen Sie endlich diese Anrufe!" Boris meinte nur: „Nein." Sein Gegenüber wollte wissen: „Trauen Sie sich mir zu sagen wo Sie wohnen, damit wir uns endlich von Angesicht zu Angesicht gegenüberstehen können?" Boris gab zur Antwort: „Ich wohne im Akazienweg 14 und heiße Bernd Schmadtke. Da wo der

Schöne rote BMW vor der Tür steht!" Der Vollidiot sagte: „Lauf Dich schon mal warm, Kumpel, ich komme gleich vorbei."

Dann rief er den zweiten Vollidioten an und brüllte wieder seinen Spruch in den Hörer und legte auch hier nicht auf. Bernd Schmadtke fragte ihn auch: „Wer bist Du, Du Penner, lass die Scheiße bleiben." Boris sagte, dass sie sich gleich kennenlernen würden, denn er wäre auf dem Weg zu ihm um mal einen richtigen Vollidioten aus der Nähe kennenzulernen. „Prima", bekam er zur Antwort, „dann kann ich Dir ja gleich mal richtig auf dein großes Maul hauen für Deine Unverschämtheiten." „Ich freue mich", erwiderte Boris mit einem Grinsen.

Dann rief er bei der Polizei an und sagte, dass sein Name Bernd Schmadtke sei und im Akazienweg 14 wohnen würde. Sein Ex - Freund stehe der Tür, um ihn zu verprügeln und etwas schlimmes anzutun.

Dann fuhr er zum Akazienweg und sah zu, wie die beiden Vollidioten sich richtig vermöbelten, bis die Polizei kam und beide festnahm. Das war wirklich der geilste Streich in seinem Leben!!!!

Und was lernen wir daraus? Sei immer freundlich am Telefon, schnappe anderen Leuten nicht den Parkplatz weg und schreibe nie, nie, nie deine Telefonnummer an deine Autoscheibe - dann kann eigentlich nix passieren...

Entsetzen pur

Der Sommernachmittag war heiß und die Sonne strahlte vom blauen Himmel herab. Normalerweise hätte man diesen Tag genutzt, um sich etwas Ruhe zu gönnen oder seinem Hobby nachzugehen.

Ein älterer Mann, vermutlich Rentner, schlenderte gemütlich über den Deich. Ganz offensichtlich hatte er viel Zeit und genoss den Tag. Als er zu der Bank kam, setzte er sich, atmete einmal tief durch und schloss seine Augen. Ihn störten weder spielende Kinder, Hundegebell oder Leute die an ihm vorbei gingen. Aber das, was in diesem Moment geschah, hatte mit Normalerweise und Ruhe nichts mehr zu tun!

Schweißperlen auf der Stirn waren etwas, das bei diesen Temperaturen jedem passieren konnte. Jedoch im Angesicht

dessen, was da mit großer Geschwindigkeit auf den Mann der auf der Bank saß zukam, wurden Sturzbäche von Angstschweiß bei einer ganzen Menge von Menschen freigesetzt. Mit Augen die vor Entsetzen weit aufgerissen waren, sahen sie auf das, was in der Luft auf den armen Mann zugerast kam.

Panik erfasste die Menschen und Fassungslosigkeit machte sich breit. Einige klammerten sich aneinander und begannen zu schreien. Andere liefen los, als hinge ihr Leben davon ab. Einige von ihnen standen da, als wären sie zu Säulen erstarrt und könnten sich nicht mehr bewegen.

Wieder andere wirkten total erschüttert, weil sie nicht fassen konnten, was hier gleich geschehen würde. Ein Teil der Menschen wirkte verstört. Es gab aber Personen die sich merkwürdigerweise freuten.

Eine Lähmung, ein Schock hatte die meisten Menschen erfasst. Anders war es nicht zu beschreiben, wenn man sah, wie sie hypnotisiert auf das starrten, was da in der Luft mit einer wahnsinnigen Geschwindigkeit unterwegs war.

Nicht Minuten vergingen, sondern Sekunden reihten sich an Sekunden. Dann war es soweit – der Einschlag stand kurz bevor! Er schien unvermeidbar! So glaubte zumindest jeder!

Jeder? Nein! Denn ein Mann stemmte sich mit aller Kraft gegen das Unvermeidliche. Es war schwer und es ging um Sekundenbruchteile, aber der alte Mann öffnete gerade rechtzeitig seine Augen und konnte den Ball, der von den Kindern geschossen worden war, im letzten Moment so ablenken, dass sein Kopf nicht getroffen wurde!

Ein unverhoffter Hochgenuss

Ein Ehepaar mittleren Alters schritt Hand in Hand über den Deich. Sie unterhielten sich und lachten immer wieder. Als sie zu der Bank kamen setzten sie sich.

„Dein dummes Gesicht werde ich mein Leben lang nicht vergessen!" sagte sie, Ramona, lachend zu ihm.

„Da lehne dich mal nicht so weit aus dem Fenster. Dein wütendes Gesicht kurz vorher war auch nicht ohne!" gab ihr Mann Jan zur Antwort.

Worüber unterhielten sich die beiden? Die Zwei waren vor ein paar Stunden in dem kleinen Supermarkt ein paar Straßen weiter einkaufen gewesen. Wie so häufig waren die Gänge vollgestellt mit Tischen oder mit Paletten deren Waren eingeräumt werden mussten. Sie wollten nur ein paar Kleinigkeiten einkaufen.

Jan hatte mehrere Teile in den Einkaufswagen gelegt. Jetzt drehte er sich um, weil er noch eine Flasche Wein aus dem Regal nehmen wollte.

Im letzten Moment sah er aus den Augenwinkeln eine Person ganz dicht vor sich und hob die Hände um einen wohl kaum zu vermeidendem Zusammenstoß abzufedern.

„Achtung, pass auf!" rief Ramona in diesem Augenblick. Aber es war schon zu spät. Ganz dicht vor Jan stand auf einmal ein bildhübsches junges Mädchen. Auf ihrem T-Shirt war das Emblem des Supermarktes zu sehen, was sie als eine Angestellte auswies.

Dadurch, dass Jan seine Hände wie zum Schutz vor sich hielt, hatten sich diese, weil die Höhe auch passte, genau auf den prächtigen Busen der Angestellten gelegt! Sprachlos und ihn mit offenem Mund anstarrend, stand die hübsche junge Frau

vor ihm. Jan drehte sich zu seiner Frau.

„Du gönnst mir aber auch nichts", sagte er lachend zu ihr. „Wann habe ich schon mal in meinem Alter die Gelegenheit, einer wirklich bildhübschen jungen Frau so nahe zu kommen?"

Das war natürlich scherzhaft gemeint, aber seine Hände lagen immer noch auf dem Busen der Angestellten. Die stand immer noch erstarrt da und wusste scheinbar nicht wie ihr geschah.

Ramona sah ihn mit funkelnden Augen an, so als würde sie Jan am liebsten ein paar schallende Ohrfeigen geben. Sie hatte natürlich genau registriert, dass ihr Mann scheinbar großen Gefallen an dem gefunden hatte, was seine Hände immer noch berührten. Ramona konnte nämlich bei weitem nicht mit der Oberweite der jungen Frau mithalten. Das machte sie nur noch wütender.

Die Gesichtsfarbe der Angestellten

hatte mittlerweile die Farbe ihres T-Shirts angenommen – rot!

Dann geschah etwas, womit weder Jan noch Ramona je gerechnet hätten. Die Angestellte des Ladens begann zu lachen, stellte sich auf die Zehenspitzen und gab Jan einen Kuss! Dann drehte sie sich um und verschwand in den Gängen des Supermarktes.

Das Gesicht von Jan war ein einziges Fragezeichen und jetzt war es Ramona, die mit offenem Mund dorthin starrte, wo die junge Frau verschwunden war.

Dieses Erlebnis war etwas, was die beiden so schnell nicht vergessen würden und über das beide etwas später dann herzhaft lachen konnten.

Letzte Station: Nordsee

Es war schon dunkel und der Abend weit fortgeschritten. An diesem Freitag waren die Temperaturen auch Spätabends noch sehr angenehm.

Der Himmel war stark bewölkt und verdeckte die meisten Sterne. Auch der Mond verschwand immer wieder hinter den Wolken.

Eine dunkle Gestalt näherte sich der Bank. Nur als Silhouette sichtbar, wenn der Mond nicht gerade von den Wolken verdeckt wurde. Das Rauschen des Meeres war nicht zu hören, es war Ebbe. Doch das würde sich bald ändern, denn die Flut wartete schon darauf ihre Herrschaft anzutreten.

Diese dunkle Gestalt war ein Mann und hörte auf den Namen Tobias. Er kam aus der nahe gelegenen Stadt. Das Auto hatte

Tobias in einer der kleinen Seitenstraßen geparkt. Er hatte die Bank nun erreicht und setzte sich.

Tobias hatte ganz bewusst diesen Ort gewählt, diese Bank, auf der damals vor fünfzehn Jahren alles begann. Hier hatte er seine jetzige Frau Sandra kennengelernt und ihr ein Jahr später einen Heiratsantrag gemacht.

Ihr Kinderwunsch blieb ihnen leider versagt, doch beruflich konnten die zwei richtig durchstarten. Sie waren beide gelernte Floristen und fanden einen Laden den sie mieten konnten, um sich selbstständig zu machen.

In den ersten Jahren lief das Blumengeschäft sehr gut. Doch dann wurde nur zwei Straßen weiter ein Supermarkt gebaut – mit einem großen Blumenladen im Eingangsbereich!

Mit den Preisen konnten Tobias und Sandra nicht konkurrieren. Bereits neun

Monate nach Eröffnung des Supermarktes mussten die beiden ihr Geschäft aufgeben! Von da an ging es nur noch bergab mit den beiden, beruflich und privat.

Arbeitslosigkeit oder immer nur kurze, befristete Jobs, zwangen Sandra und Tobias dazu, ihre große Wohnung schon bald aufzugeben. Sie bezogen eine kleine Wohnung in einem Block mit insgesamt zwölf Wohneinheiten. Außerdem verkauften sie ihren drei Jahre alten Mercedes und schafften sich einen gebrauchten Skoda an.

Den beiden war es immer gut gegangen und mit dieser Situation kamen sie nicht klar. Keine Arbeit, wenig Geld, Freunde die sich distanzierten. Das führte unweigerlich zur Ehekrise. Streit mit gegenseitigen Beschuldigungen und Vorwürfen waren an der Tagesordnung.

Da es scheinbar keinen anderen Ausweg gab, nahmen die beiden Jobs an,

über die sie in ihren besten Zeiten etwas herablassend geredet hatten. Sandra nahm einen Job bei einer Putzkolonne an und Tobias bei einer sogenannten Leihfirma. Für ihn war das ein Schritt in die falsche Richtung.

Tobias wollte diesen Job unbedingt behalten, weil er spürte, dass seine Frau ihm die Schuld an der ganzen Misere gab. Schon lange war bei ihm Selbstvertrauen zu einem Fremdwort geworden.

Tobias musste Umkleideräume sauber halten, Fenster putzen und auch Müll einsammeln. In der Nachtschicht wusch er die Autos seiner Vorgesetzten. Tobias wurde erniedrigt, gedemütigt und dabei noch verspottet!

In ihm war etwas zerbrochen. Tobias hatte keine Kraft mehr sich zu wehren, weder physisch noch psychisch. Das konnte nur jemand verstehen, der selbst einmal in dieser Situation war.

Doch heute, an diesem Freitag, war alles anders. Tobias war um 15:30 nach Hause gekommen. Er war alleine, da Sandra noch arbeiten musste. Nach dem duschen legte er sich auf das Sofa im Wohnzimmer, schaltete den Fernseher an – und schlief ungewollt ein.

Als Tobias erwachte, war es bereits 21:30 und seine Frau immer noch nicht zu Hause. Er stutzte, was war da los? Sandra hatte doch schon seit zwei Stunden Feierabend! Da fiel ihm ein, dass seine Frau anschließend noch einkaufen wollte, aber auch das musste doch schon längst erledigt sein.

Tobias griff zum Telefon und wollte Sandra anrufen, als ihm einfiel, dass er vor zwei Tagen ihr einziges Handy verloren hatte. Also wartete er – bis 22:15, dann hörte er Schritte auf dem Flur und danach wie die Wohnungstür aufgeschlossen wurde. Tobias ging zur Tür und sah gerade

noch, wie seine Frau eintrat und die Wohnungstür laut hinter sich ins Schloss fallen ließ. Voller Erleichterung begrüßte er Sandra.

„Schatz, da bist du ja endlich! Ich habe mir große Sorgen um dich gemacht! Geht es dir gut? Was ist passiert? Hast du keine Zeit mehr zum Einkaufen gehabt?" mit einem Blick auf die nicht vorhandenen Einkaufstaschen.

Seine Frau stand die ganze Zeit regungslos da. Ihr Gesicht war wie aus Stein gemeißelt und sie betrachtete ihren Mann mit eisigen Blicken. Sie atmete immer heftiger und schneller. Sandras weit geöffnete Bluse konnte ihre prächtige Oberweite kaum zusammenhalten, denn sie trug wie meistens keinen BH und konnte sich das als hübsche und attraktive Frau auch leisten.

Als Antwort auf seine Fragen holte Sandra aus und gab Tobias eine Ohrfeige.

Der hatte mit so etwas natürlich nicht gerechnet, aber anstatt wütend zu reagieren fragte er mit weinerlicher Stimme: „Schatz, warum...?" weiter kam er nicht.

„Von wegen Schatz, es hat sich ab sofort ausgeschatzt!" schrie Sandra ihn an. „Weißt du, wen ich im Supermarkt getroffen habe? Deinen Kollegen Bernd und der hat mir erzählt was du in der Firma wirklich machst! Du Feigling, du Versager und Nichtsnutz hast mich die ganze Zeit belogen!"

Sandra holte tief Luft und schrie ihm ins Gesicht so laut sie konnte: „Weißt du was? Bernd hat mich zum Essen eingeladen und danach sind wir zu ihm gefahren und wir hatten Sex. Richtig geilen Sex hatte ich, mit einem richtigen Mann und nicht halbe Sachen mit einem Waschlappen von Mann wie dir!" Sandra verstummte und sah Tobias an.

Der stand regungslos da, sah seine Frau an und das einzige was er sagte war: „Schatz, warum musstest du so laut schreien? Die Nachbarn haben bestimmt alles gehört!"

Fassungslos starrte Sandra ihren Mann an. Dann lief sie zur Wohnungstür, riss diese soweit auf wie es ging und brüllte los. „Jeder kann hören mit was für einem Waschlappen und Versager, sowohl im Beruf wie im Bett, ich verheiratet bin. Du ekelst mich an! Hau ab, ich will dich nicht mehr ertragen müssen!"

Nach diesen Worten stürmte Sandra ins Schlafzimmer und knallte die Tür hinter sich zu.

Tobias war zu keiner Bewegung fähig. Ungeheuerliches hatte seine Frau ihm vorgeworfen, doch nur der letzte Satz hämmerte ständig in seinem Kopf. Wie unter Hypnose zog er sich seine Schuhe und die Jacke an. Dann ging er zur Tür hinaus, ohne diese zu verschließen.

Tobias ging zum Auto und fuhr zum Deich. Er stellte es in einer Seitenstraße ab und machte sich auf den Weg zur Bank. Es war keineswegs nur ein Erinnern, es war auch ein Abschied, denn Tobias fühlte sich nicht mehr als Mensch, sondern nur noch als Stück Dreck!

Die Flut kam immer näher und Tobias ging ihr entgegen. So einsam wie er dem Tod entgegen ging, so einsam blieb etwas auf der Bank liegen – ein zerrissenes Bild seiner Frau Sandra!

Eine ältere Dame schlenderte langsam über den Deich und setzte sich auf die Bank, als sie diese erreichte. Sie schien gut gelaunt zu sein, denn sie schmunzelte die ganze Zeit vor sich hin. Das hatte auch seinen Grund, denn sie kam gerade vom Arzt und hatte erfahren, dass sie hundert Jahre alt werden konnte, so fit sei sie.

Die Frau öffnete ihre Handtasche und nahm einen Schreibblock nebst Stift heraus. Sie konnte während der Wartezeit beim Arzt nämlich ihrem Hobby frönen – sie schrieb gerne Gedichte. Jetzt wollte sie lesen und eventuell korrigieren was sie geschrieben hatte.

BEIM ARZT IM WARTEZIMMER

Bist du jung oder auch alt
Fühlst du dich warm oder kalt
Ganz egal, denn wenn dich plagt das
Zipperlein
Schaust du notgedrungen beim Arzt
herein
Hast du dich aus dem Auto dann gequält
Weil auf dem Parkplatz die große Lücke
fehlt
Stehst du in der Anmeldung dann
schweißgebadet und versunken
Wartest du brav bist die Arzthelferin
ihren Kaffee in Ruhe hat getrunken

Nun wird deine Krankenkarte eingelesen
Ohne sie ist es als wärst du nie gewesen
Wenn dir dann auch noch die 10€ fehlen
Darfst du dich ganz leis nach draußen
stehlen

Bist du aller Widrigkeit zum Trotz
glücklich im Wartezimmer dann
Fängt dein Martyrium erst richtig an
Nur der letzte wacklige Stuhl ist noch frei
Er hat ja noch heile Beine – nämlich zwei

Dir wird auch warm denn alles ist schön
eng
Die Gerüche der Nachbarn bekommst du
als Geschenk
Dein Gegenüber stets in deine Richtung
nießt
Damit der Bazillus auch bei dir dann
sprießt

Der Mann neben dir dann kräftigt hustet
Und danach seinen Atem in deine
Richtung pustet
Zwei ältere Damen erzählen sich welche
Farbe ihr Durchfall hat
Und dass man von einer Schweinshaxe
nicht wird satt

Eine Frau mit ihren beiden Kindern schimpft
Droht damit das der Doktor sie gleich mit der Spritze impft
Zwei Männer unterhalten sich ganz laut
Weil keiner von ihnen dem Arzt vertraut

Du siehst andere immer tiefer in ihre Stühle sinken
Hörbar die Schlafengel aus den Träumen winken
Ein Mann geht aus der Anmeldung – aber nicht ins Wartezimmer
Sondern direkt in dem Arzt sein Zimmer
Die Arzthelferin bringt noch dem Kaffee hinterher
Ja, so ein Privatpatient der hat es schon schwer
Der Ruf: „Der nächste bitte!" der hat dich elektrisiert
Aber leider ist nur einer dafür favorisiert

Bis du dran bist dauert es nur noch zwei
Stunden
All deine Krankheitssymptome sind bis
dahin
verschwunden
Die Krankheiten der anderen die kennst
du jetzt auch
Brauchst nur dran zu denken schon wird
es dir unwohl im Bauch

Weißt nicht mehr was du dem Arzt sollst
erzählen
Kannst unter vielen Krankheiten wählen
Dem Arzt ist das auch egal
Hauptsache du kommst wieder – im
nächsten Quartal

SCHRECKLICH

Schrecklich – es geschieht so viel
Schlimmes hier auf Erden
Was soll da aus uns bloß werden

Schrecklich – in den Kriegen sterben
Menschen einen sinnlosen Tod
Andere müssen betteln für ihr täglich
Brot
Schrecklich – wenn jemand ein Leben
lang im Rollstuhl sitzt
Oder sich ein anderer zu Tode ritzt

Schrecklich – dass schon Kinder zur
Arbeit gehen müssen
Wenn Menschen sich mit Drogen selbst
ihr Leben versüßen

Schrecklich – wenn einer den anderen
bestiehlt

Oder jemand aus Angst aus seiner
Heimat flieht

Schrecklich – ist auch der Sumpf der
Korruption
Die Schlägerei auf der Bahnstation

Schrecklich – ist der Gang in die
Arbeitslosigkeit
Ohne Wasser die große Trockenheit

Schrecklich – wenn die Naturgewalten
toben
Umweltverschmutzung von der Erde bis
ganz oben

Schrecklich – wenn im Alter keiner will
dich pflegen
Ist auch der sintflutartige Regen

Schrecklich – sind Männer ohne
Kontrolle ihrer Triebe

Ist ein Leben ohne Freunde, ohne Liebe

Schrecklich – wenn man lebt unter vielen
und trotzdem einsam ist
Schrecklich - wenn man weiß das der
größte Schrecken des
Menschen - der Mensch selber ist

Ängste in der Nacht

Zwei junge Frauen gingen über den Deich und setzten sich auf die Bank. Die eine, sie hieß Sahra, wollte sich unbedingt etwas von der Seele reden.

„Du Maria, ich muss dir erzählen, was ich vor ein paar Tagen erlebt habe!" Die angesprochene Freundin war sofort neugierig. „Was war los? Erzähl schon!" wollte Maria ungeduldig wissen.

Es war gegen 4:00 Uhr letzte Woche am Samstagmorgen. Ich kam von dieser Geburtstagsfeier, auf der du auch warst, nach Hause. Ich fuhr in den Carport und stieg aus dem Auto. Leider hatte ich vergessen die Außenbeleuchtung anzumachen und eine Taschenlampe hatte ich auch nicht dabei.

Bis sich meine Augen an die Dunkelheit

gewöhnt hatten, dauerte es einen Moment. Trotzdem ging ich langsam und unsicher auf die Haustür zu.

Auf einmal hörte ich ein knarren und ein Geräusch, so als ob eine Gartentür ins Schloss fallen würde. Ich erschrak, sagte mir aber sofort, dass es eine der vielen Katzen gewesen war. Es musste so sein, denn Wind war nicht zu spüren.

Doch dann glaubte ich Schritte zu hören und sah in die Richtung aus der die vermeintlichen Schritte zu hören waren. Und richtig, dort leuchtete wirklich kurz der helle Schein einer Taschenlampe auf. Mein Herz schlug rasend schnell und der Verstand sagte:

„Geh ganz schnell ins Haus!" Doch meine Beine waren schwer wie Blei! Waren das Einbrecher oder war das jemand, der noch Schlimmeres vorhatte? Da, das Licht kam immer näher! Nicht nur näher, sondern fast direkt auf mich zu!

Scheinbar hatte derjenige mich entdeckt! *„Lauf doch endlich weg und fang an zu schreien!"*, schrie alles in mir.

Vor meinem geistigen Auge entstanden entsetzliche Bilder über das, was so ein Verbrecher mit einer alleinstehenden Frau machen konnte. Denn das da ein Verbrecher näherkam, stand für mich unverrückbar fest!

Immer lauter wurden die Schritte. Immer lauter glaubte ich mein Herz schlagen zu hören. Der Verbrecher zog bestimmt von Haus zu Haus auf der Suche nach Beute.

„Und diese Beute bist du!", schrie meine innere Stimme immer wieder. Ich begann zu schwitzen und meine Kleidung klebte am Körper.

Jetzt war der Lichtkegel der Taschenlampe ganz nahe und erfasste mich ohne Erbarmen. Ich begann zu zittern, schloss meine Augen und hoffte

nur, dass alles schnell vorbei sein würde! Noch nie in meinem Leben hatte ich solche Ängste auszustehen!

„Ich wünsche Ihnen ein schönes Wochenende!" Mit diesen freundlichen Worten drückte mir der Mann die Tageszeitung in meine schweißnasse Hand und ging weiter.

Als Sahra zu Ende erzählt hatte, wurde diese Geschichte von ihrer Freundin Maria mit einem herzhaften Lachen quittiert.

Lehrstunde

Bei der Bank trafen sich zwei ältere Ehepaare. Sie hatten sich hier im Urlaub erst kennengelernt. Beide Paare hatten einen Hund dabei. Das eine Paar einen zehn Jahre alten Jack Russel – Terrier Mischling und das andere Paar einen fünfzehn Monate alten männlichen Pudel. Die beiden Hunde begannen sich zu unterhalten. Der ältere gab dem jungen ein paar nützliche Tipps mit auf den Weg.

1. Nachdem Dein Mensch Dich gebadet hat, lass Dich KEINESFALLS abtrocknen! Viel besser, Du rennst zum Bett, wirfst Dich hinein und trocknest Dich in den Bettlaken. Tipp: noch mehr Spaß dabei kurz vor der Schlafenszeit der Menschen!

2. Benimm Dich wie ein überführter Täter.

Wenn Deine Menschen nach Hause kommen, leg die Ohren zurück, schwänzle mit dem Schwanz zwischen den Beinen. Leg Dich auf den Bauch und tu, als ob Du etwas wirklich Schlimmes getan hättest. Dann schau zu, wie Deine Menschen sofort beginnen, hektisch die Wohnung nach Schäden abzusuchen! (Hinweis: dies funktioniert nur, wenn Du wirklich absolut nichts angestellt hast.)

3. Lass Deine Menschen Dich ein neues Kunststückchen beibringen. Lerne es perfekt. Dann, wenn Deine Menschen versuchen, dies jemandem vorzuführen, starre Deinen Menschen völlig dumpf und ratlos an. Tu so, als ob Du nicht den leisesten Schimmer hast, um was es hier geht.

4. Bringe Deinen Menschen Geduld bei. Schnüffle beim Gassi gehen den ganzen

Park ab, während Deine Menschen warten. Tu so, als ob die taktisch korrekte Auswahl des Punktes, an dem Du Dein Geschäft verrichten wirst, von entscheidender Bedeutung für das Schicksal der ganzen restlichen Welt ist.

5. Lenke die Aufmerksamkeit der Menschen auf Dich. Wähle beim Spazierengehen mit Bedacht nur Orte für Dein Geschäft aus, welche am stärksten von Menschen frequentiert sind und wo Du am besten von allen gesehen wirst. Lass' Dir Zeit dabei und vergewissere Dich, dass jeder zuschaut. Besonders groß ist die Wirkung, wenn Deine Menschen keine dieser komischen Plastiktüten dabei haben.

6. Wechsle regelmäßig zwischen Würgekrämpfen und Keuchhusten ab, wenn Du mit Deinem Menschen beim

Spazierengehen andere Menschen triffst.

7. Mache Deine eigenen Regeln. Bring keinesfalls immer das Stöckchen oder den Ball beim Apportieren zurück. Lass' die Menschen auch ab und zu etwas danach suchen.

8. Verberge Dich vor Deinen Menschen. Wenn Deine Menschen nach Hause kommen, begrüße sie nicht an der Tür. Verstecke Dich besser und lass' sie denken, etwas ganz Schreckliches sei Dir passiert! (Komm nicht zum Vorschein bis mindestens einer der Menschen völlig panisch wirkt und den Tränen nahe ist.)

9. Wenn deine Menschen Dich rufen, lass Dir immer Zeit. Lauf so langsam wie möglich zurück und wirke dabei völlig unbeteiligt.

10. Erwache etwa eine halbe Stunde bevor der Wecker Deines Menschen läutet. Lass ihn Dich nach draußen bringen um Dein Morgengeschäft zu verrichten. Sobald ihr zurück seid, falle sofort gut sichtbar in einen erholsamen Tiefschlaf. (Menschen können meistens unmittelbar, nach dem sie draußen waren, nicht gleich wieder einschlafen - und sowas kann sie echt wahnsinnig machen!)

11. Lenke Deine Menschen im Sommer unauffällig zur Eisdiele und mache ihnen mit Sabbern klar, dass Vanille Deine Lieblingssorte ist.

Wenn du diese Ratschläge beherzt, wirst du ein schönes und erfülltes Leben haben!

Sven

Auf der Bank nahm ein junger Mann Platz. Er hatte einen total verschmutzten Anzug an und wirkte verzweifelt. Wenn man genauer hinhörte konnte man verstehen, dass Sven, so hieß der junge Mann, immer wieder leise zu sich selbst sagte:

„Das kann nicht sein, das kann nicht sein!" Was meinte er damit?

Sven hatte es eilig, da sich an diesem Vormittag sein weiterer beruflicher Werdegang entscheiden würde. Er musste unbedingt die nächste U-Bahn in Richtung Centrum erreichen, obwohl er verschlafen hatte.

Sven rannte den Bahnsteig entlang und wäre beinahe über einen Mann gestolpert, der ihm eine Blechdose hinhielt.

„Setz dich woanders hin, du blöder Penner!" rief Sven wütend und konnte im letzten Moment noch in die U-Bahn einsteigen. Darin stolperte er über einen am Boden sitzenden Punker und stieß sich seine Rippen an einer Sitzbank, dass ihm vor Schmerzen schwarz vor Augen wurde. Sven wollte losbrüllen und dem Penner (Punker oder Penner, da gab es für ihn keinen Unterschied) seine Meinung sagen, wurde aber von dem Gelächter der anderen Mitfahrer daran gehindert, denn er wollte nicht noch mehr zum Gespött der Leute werden.

Am Hauptbahnhof angekommen stieg er aus und eilte durch die fast direkt anschließende Fußgängerzone seinem Vorstellungsgespräch entgegen.

Auf seinem Weg traf er immer wieder Männer, die ihm bettelnd eine Dose oder ein Gefäß hinhielten. Einmal wäre Sven sogar beinahe über eine Bierflasche

gestolpert, die ihm vor die Füße rollte. „Verdammter Penner, kannst du nicht aufpassen?" schrie er den Mann an, ging weiter und bog in eine Seitengasse ein.

Das heißt, er wollte. Schon beim ersten Schritt stolperte er über das dort beginnende Kopfsteinpflaster. Da es die vergangene Nacht heftig geregnet und gestürmt hatte, waren die Steine mit sehr viel Straßendreck und Laub bedeckt und dementsprechend rutschig. Sven stürzte der Länge nach hin. Er war etwas benommen und konnte nicht sofort aufstehen.

„So ein Mist!" schimpfte er laut vor sich hin. Sven blieb notgedrungen in dem Dreck sitzen, so wie der „Penner" nicht weit von ihm. Da kam eine alte Frau vorbei, blieb bei ihm stehen und schüttelte den Kopf. „Sie sehen aber schlimm aus!" Die Frau griff in ihre Tasche und holte zehn Euro heraus.

Sie hielt Sven den Schein hin.

„Ich habe nur eine kleine Rente, aber der ist für Sie! Ich wünsche Ihnen alles Gute und Gottes Segen!"

Der junge Mann war wie vom Donner gerührt und wusste nicht, was er sagen sollte. Nach einer Weile flossen bei ihm die Tränen und langsam erhob er sich.

Das Geburtstagsgeschenk

Ein junger Mann, Björn war sein Name, ging langsam und mit gebeugten Rücken über den Deich und näherte sich der Bank. Als er davorstand, sah er sich erst einmal vorsichtig nach allen Seiten um, bevor er sich setzte. Das tat Björn, weil er sich heute schon ein blaues Auge eingehandelt hatte und er jetzt nicht noch mehr Ärger haben wollte.

Dabei hatte er doch nichts Böses im Sinn gehabt, als er den Brief an seine Freundin, jetzt ehemalige Freundin, mit viel Liebe geschrieben hatte.

Björns Freundin Bianca hatte Geburtstag und da die beiden erst seit zwei Monaten ein Paar waren, fuhr er mit ihrer jüngeren Schwester in die Stadt um ein passendes Geschenk zu finden. Nach langem Suchen fanden die zwei ein passendes Geschenk.

Es war ein paar weiße Handschuhe. Das war ein romantisches aber nicht zu persönliches Geschenk. Biancas jüngere Schwester fand in der Boutique ein sehr erotisches Unterhöschen, durchsichtig und zwei Nummern zu klein, sicherlich sehr zur Freude der Männerwelt!

Beim Einpacken vertauschte die junge Verkäuferin aus Versehen die Sachen. So bekam die Schwester die Handschuhe und Björn das Päckchen mit dem erotischen Höschen. Er brachte es auf dem Rückweg gleich zur Post und versah es mit einem kleinen Brief:

„Mein Schatz, ich habe mich für dieses Geschenk entschieden, da ich festgestellt habe, dass Du keine trägst, wenn wir abends zusammen ausgehen. Wenn es nach mir gegangen wäre, hätte ich mich für die langen mit den Knöpfen entschieden, aber Deine Schwester meinte, die kurzen wären besser. Sie trägt sie auch und man kriegt sie leichter aus.

Ich weiß, dass das eine empfindliche Farbe ist, aber die Dame, bei der ich sie gekauft habe, zeigte mir ihre, die sie nun schon seit drei Wochen trägt und die überhaupt noch nicht schmutzig sind.

Ich bat sie, Deine für mich noch vor Ort anzuprobieren und sie sah echt Klasse darin aus. Ich wünschte, ich könnte sie Dir beim ersten Mal anziehen, aber ich denke, bis wir uns wiedersehen, werden sie mit einer Menge anderer Hände in Berührung gekommen sein.

Wenn Du sie ausziehst, vergiss nicht, kurz hineinzublasen, bevor Du sie weglegst, da sie wahrscheinlich ein bisschen feucht vom Tragen sein werden. Denk immer daran, wie oft ich sie in Deinem kommenden Lebensjahr küssen werde. Ich hoffe, Du wirst sie Freitagabend für mich tragen. Der letzte Schrei ist, sie etwas hochgekrempelt zu tragen, so dass der Pelz rausguckt!!

Der alte Mann und das Mädchen

Ich saß auf der Bank auf dem Deich und genoss jeden noch so kleinen Windhauch, der mir bei dieser Wärme vom Meer ins Gesicht wehte und etwas Abkühlung brachte.

Ein arbeitsreicher Tag im Büro lag hinter mir. Meine Blicke wanderten träge über das Meer, als mir plötzlich ein kleines Mädchen auf der anderen Seite des Deiches auffiel.

Sie sah traurig aus, die beiden langen Zöpfe hingen ihr weit über die Schultern. Sie kam näher und schien in diesem Moment niemanden um sich herum wahrzunehmen.

Als sie an mir vorüberkam, hörte ich ein leises Tuscheln, doch konnte ich kaum verstehen, was sie sagte. Es klang, als würde sie mit sich selber schimpfen.

Mit meinen Blicken begleitete ich dieses Mädchen und merkte dadurch erst etwas verspätet, dass sich ein alter Mann zu mir auf die Ecke der Bank gesetzt hatte.

„Guten Tag", grüßte er mich freundlich und sein Gesicht wirkte dabei sehr liebevoll. Er lehnte seinen Gehstock an den neben der Bank stehenden Mülleimer und faltet seine großen Hände ohne ein weiteres Wort zu sagen.

Eine ganze Weile hörte ich nur das Rauschen des Meeres und das Geschrei einiger über uns fliegender Möwen. Dieser Mann neben mir betete, als gäbe es den Rest der Welt um ihn gar nicht und das Mädchen stellte sich, für mich unerwartet, ebenfalls mit gefalteten Händen neben die Bank und schloss die Augen. Nur ganz kurz bevor sie sich abwandte und uns verließ.

„Sie heißt Katharina." sagte mein Banknachbar auf einmal zu mir.

„Kennen Sie dieses Mädchen?"
„Ja und nein, aber wenn Sie wollen, dann werde ich Ihnen gern unsere Geschichte erzählen."

Mit einem Lächeln stützte sich der alte Mann auf den Stock und bückte sich. Neben ihm auf der Erde stand eine alte offene Aktentasche, die ich erst jetzt bemerkte. Als er sich wieder gerade hinsetzte, hielt er viele kleine bunte Zettel in seiner knochigen rechten Hand.

„Wir kennen uns nicht persönlich, doch uns verbindet etwas." begann der alte Mann wenig später an zu erzählen.

„Ich arbeitete bis letztes Jahr noch stundenweise bei der Stadt, war hier am Strand und auf dem Deich unterwegs, um den Müll am Abend zu entsorgen, den all die Menschen im Laufe des Tages so hinterließen.

Meine Frau Maria starb in dieser Zeit und der Abschied war schwer, auch wenn

ich glaube das wir uns wiedersehen."
Der alte Mann atmete schwer und hielt
einen Moment lang inne.

„Wir hatten 51 Jahre lang alles
gemeinsam geteilt. An einem dieser
Nachmittage hielt ich es nicht mehr
alleine zu Hause aus, denn es war Marias
Geburtstag. Ich saß alleine hier auf dieser
Bank. Dann kam Katharina. Sie weinte
und schluchzte so laut, als sie an mir
vorüber ging, dass ich aus meiner Trauer
erwachte. Ich fühlte ihren Schmerz, ihre
Verzweiflung, obwohl ich damals nicht
wusste, was der Grund dafür war.
Ich sprach die Kleine nie an, denn sie
sollte ja keine Angst bekommen. Ich war
und bin für sie ja ein fremder Mensch. Seit
diesem Tag sind wir beide immer ungefähr
zur gleichen Zeit hier. Fast jedes Mal lässt
sie einen dieser Zettel in meine alte
Aktentasche fallen. Wir verstehen uns,
ohne dass wir uns kennen!"

„Was schreibt sie auf die Zettel?" wollte ich natürlich von dem Mann wissen. Mein Banknachbar lächelte mich an.

„Auf diese Zettel schreibt Katharina alles, was sie bedrückt: ihre Ängste, ihre Sorgen, ihre Fehler, ihre Wünsche, ihre Hoffnungen. Ich glaube, dass sie glücklicher und zufriedener nach Hause geht, wenn sie einen Zettel hiergelassen hat. So nehme ich nun seit jenem Tag die Kleine in mein Gebet auf. Wenn sie neben mir steht beten wir zusammen und doch jeder auf seine Weise."

Während ich staunend überlegte und versuchte, das Gehörte zu verstehen und zu begreifen, sieht mich der Mann an und lächelt verständnisvoll.

„Ich weiß, es ist kaum zu verstehen, aber Katharina kommt oft mit Sorgen beladen hierher zu mir, aber immer wieder geht sie mit einem Lächeln und wie befreit nach Hause."

Mit einem leisen Stöhnen erhebt sich der alte Mann, nimm seinen Stock, greift die alte Aktentasche und verabschiedet sich mit einem freundlichen Lächeln.

Zurück ließ er einen erstaunten und sehr, sehr nachdenklichen Mann – mich!

Inhaltsverzeichnis

VITA

Kurt von der Heide wurde 1959 in Ostwestfalen geboren. Er ist verheiratet und hat zwei erwachsene Kinder. Seit seiner Jugend beschäftigt er sich mit dem Schreiben.

Angefangen mit Erzählungen und Reiseberichten, schreibt er heute Romane, Kinderbücher, Gedichte, Kurzgeschichten und religiöses.

Bereits in mehreren Anthologien sind Gedichte und Kurzgeschichten von ihm erschienen.

Erfolgreiche Teilnahme an Ausschreibungen sowie Wettbewerben.

Das Motto seiner Lesungen lautet: Vor Überraschungen ist man niemals sicher!

Besuchen Sie ihn auf seiner Homepage:
www.kurtvonderheide.de

Folgende Publikationen sind bisher von ihm erschienen:

Kinderbücher

Samia und die Kirschbaumelfen
Paperback
ISBN 978-3-7386-0557-0
72 Seiten

Samia und die Kirschbaumelfen Teil II
Paperback
ISBN 978-3-7386-3250-7
80 Seiten

Samia und die Kirschbaumelfen Teil III
Paperback
ISBN 978-3-7392-4463-1
84 Seiten

Das Krokomeza (Ein vegetarisches Krokodil)
Paperback
ISBN 978-3-7528-4816-8
84 Seiten

Für Kinder ab 9 Jahren

Tabea – Helferin in der Not
Paperback
ISBN 978-3752897234
104 Seiten

Romane

Der Todeskoffer
Paperback
ISBN 978-3-7386-5476-9
316 Seiten

Der Gewalt ausgeliefert
Paperback
ISBN 978-3-7418-6631-9
306 Seiten

Hass ist ein scharfes Schwert
Paperback
ISBN 978-3-7502-0566-6
415 Seiten

Gedichte

Gedichte - meine Träume
Paperback
ISBN 978-3-7322-4449-2
56 Seiten

Religiöse Gedichte - denn wer glaubt vertraut
Paperback
ISBN 978-3-7322-5003-5
60 Seiten

Denn wer glaubt vertraut Teil II
Paperback
ISBN 978-3-7322-4422-5
100 Seiten

Kurzgeschichten

Kurzweilige Kurzgeschichten
Paperback
ISBN 978-3-7322-4562-8
64 Seiten

Kurts neue Geschichten
Paperback
ISBN 978-3-7357-8104-8
124 Seiten

Humorvolles

Lippisches Allerlei
Paperback
ISBN 978-3-7357-8727-9
112 Seiten

Lippisches Zweierlei
Paperback
ISBN 978-3-7418-8207-4
102 Seiten

Lippisches Durcheinander
Paperback
ISBN 978-3749409051
100 Seiten

Erotik

Der Mann mit den Eiern: Ein erotischer Roman -
Humorvoll, spritzig und frivol
Paperback
ISBN 978-3-7431-8835-8
208 Seiten